L'ÉPOPÉE
PRUSSIENNE

PAR

CHARLES DIGUET

Et nunc, reges, intelligite;
erudimini, qui judicatis terram.
(PSAL., II.)

PRIX: 1 FRANC

PARIS
ALPHONSE LEMERRE, ÉDITEUR
47, PASSAGE CHOISEUL, 47

—

1871

L'EPOPÉE

PRUSSIENNE

Il a été tiré de L'ÉPOPÉE PRUSSIENNE :

12 exemplaires sur papier de Hollande, numérotés.

6   —   sur papier de Chine.

1   —   sur peau vélin.

1   —   sur parchemin.

20

L'ÉPOPÉE
PRUSSIENNE

PAR

CHARLES DIGUET

*Et nunc, reges, intelligite;
erudimini, qui judicatis terram.*
(PSAL., II.)

PARIS

ALPHONSE LEMERRE, ÉDITEUR

47, PASSAGE CHOISEUL, 47

—

1871

AUX CUIRASSIERS

DE

REICHSHOFFEN

Je dédie cette œuvre.

Charles DIGUET.

Paris, 15 août 1871.

Vieille France, entends-tu les hordes qui s'avancent ?
Ils sont dix fois cent mille ! Et déjà les devancent
Dix fois cent mille horreurs. Un terrible rictus
Contracte leur visage : ils nous croient abattus,
Et, serpents venimeux, ils rampent vers leur proie,
Que leur maître leur montre en royale lamproie.
Ils recherchent les bois, et leur frayeur du bruit
Les fait, comme des loups, ne sortir que la nuit.
Aux pieds de leurs chevaux, de larges bandelettes
Assourdissent les pas pour tromper les vedettes.
Tout stratagème est bon ; *Judas* est leur aïeul,
Sinon leur devancier, et *Scapin* leur filleul.
Lâchetés de voleurs, cruautés de sauvages,
Tout vient à point grossir leurs atroces ravages.

Assassins par plaisir, ils s'enivrent de sang,
Massacrent les vieillards, et la mère et l'enfant;
Et jamais d'égorger leurs mains ne sont lassées !
Du sang ! du sang toujours ! Les victimes tassées
Gisent dans les hameaux, sur le seuil des maisons,
Dans des lits encor chauds, jusqu'auprès des tisons.
Comme de vils chacals qui jappent près des tombes,
Ils hurlent sans pudeur autour des hécatombes,
Répandent à grands flots le vin qu'ils n'ont point bu,
Et brûlent la maison pour que tout soit perdu.
Ils ont tué l'enfant dans les bras de la mère :
Ils prennent les jouets, qu'ils vendront à l'enchère.
Mais, s'ils ont bien songé de prendre les joujoux,
Ils n'oublient certes pas de sauver les bijoux.
A la femme éventrée ils brisent les oreilles :
Au retour, les pendants iront dans les corbeilles
De leurs blondes Gretchen ! Jeunes filles du Rhin,
Avec vos grands yeux bleus et vos cheveux d'or fin,
Si chastes que souvent on vous dirait madones,
Prendrez-vous sans frémir ces sanglantes aumônes?
Regardez ces anneaux : de sang ils sont tachés ;
Ces croix d'or ont du sang ! A vos sœurs arrachés,
Ces bijoux flétriraient votre front, votre joue,
Et marbreraient vos doigts comme un cercle de boue.
Vers vous ils reviendront, ces soudards égorgeurs;
Mais, détournant vos yeux, vous serez nos vengeurs.

Vos cœurs ne seront plus pour ces bandits infâmes
Qui traitent leurs vaincus comme des corps sans âmes.
On a vu des mourants, à plaisir mutilés,
Liés à des chevaux et sous leurs pieds foulés.

II

METZ, — août 1870.

Peu faits à la victoire, ils marchent dans l'ivresse,
Comme des gueux à qui les nobles font largesse.
Ils sont tous affolés de tant d'inattendu,
De piller à leur gré ce beau pays vendu.
Leur course est l'ouragan, ils se croient la Vengeance ;
Par eux, à jamais, Dieu ruinera la France.
Moucherons malfaisants lâchés sur le Lion,
Ils se croient courageux ; ils sont un million.
Guillaume et son apôtre en phrases non pareilles,
En sonores discours, leur ont promis merveilles.
La France est le Potose ; ils trouveront de l'or,
Des femmes et du vin : c'est pour eux le Trésor !
Ils peuvent tout piller ; le vol et l'incendie,
Le meurtre, sont permis ; et la Prusse agrandie
Les comblera d'honneurs : ils auront à la fois
Gloire, profit, plaisirs ; ils recevront des croix,
S'ils détruisent partout les châteaux et les villes,
Ils auront l'Aigle-Noir ; s'ils violent les filles,

Ils auront l'Aigle-Rouge et la croix du Sultan.
Bismarck a tout pouvoir : une place au Divan,
Des titres de baron, des rubans de Russie,
Sainte-Anne et Saint-André, des biens en Circassie ;
Ils n'épargneront rien pendant tout leur parcours.
Ils iront à Paris, qu'ils pilleront huit jours.
Ils prendront à leur choix diamants, pierreries,
Or, objets d'art, tableaux ; et trois jours de tueries
Suffiront pour pouvoir être maîtres de tout.
Ils ne laisseront point de monuments debout.
Les femmes qui voudraient refuser leurs hommages
Seront à leur merci ; des plus honteux outrages
On les abreuvera. Si de pauvres enfants
Fatiguent de leurs cris ces nobles conquérants,
On les écrasera, car plus tard cette enfance
Pourrait se souvenir et demander vengeance !
Enfin, on leur a dit que, pour singer le czar,
Guillaume, leur bon roi, voulait être César !
C'était le mot suprême : or la guerre était sainte ;
Leur benoît souverain avait fait sa complainte :
Il voulait à tout prix devenir Empereur,
De simple roitelet devenir bateleur.
La pourpre lui plaisait, qui donc eût pu se plaindre ?
Aux coutures usé, des flots de sang vont teindre
L'impérial manteau. La couronne de fer
Siéra divinement au pansu magister.

— II —

Pillez, tuez, volez, faites faire ripaille
A la Mort : votre Roi frappera sa médaille !
De trois cent mille au moins il sera le bourreau :
Qu'importe? ce bon Roi veut son rouge manteau !

III

Sur la foi des serments de ce grand autocrate,
Sous la peau du soldat recouvrant le pirate,
Ils sont partis, hurlant comme des loups l'hiver.
Alors, on a compté les anneaux de ce ver :
Badois, Mecklenbourgeois, Saxe, Poméranie,
Silésiens, Brémois, Bavière, Posnanie,
Se sont soudés ensemble. En place de valeur,
Ils ont mis à profit les ruses du voleur.
Pétris de lâchetés, partout ils ont fait rage,
Peut-être afin qu'on crût qu'ils avaient du courage ;
Vingt-cinq mille espions ont été dépêchés
Dans les villes, les bourgs, les hameaux, les marchés,
Pour acheter d'avance une sûre victoire
A coups de trahisons, et fabriquer la gloire.
On a pu voir servant dans les estaminets
Des comtes nés d'hier, de petits baronnets
Possédant à Berlin influence notable,
Et que monsieur Bismarck recevait à sa table.

Ils avaient des blasons qui dataient de fort loin ;
Ils ciraient les souliers et mangeaient dans un coin.
Tous les moyens sont bons aux escrocs de lignée,
—Toute mouche a du sang aux yeux de l'araignée. —
Le grand vizir permet tous les déguisements,
Ce qui fait qu'on a vu d'honnêtes vêtements
Du haut en bas couvrir ces gibiers de potence :
Religieux abbés, officiers d'ordonnance,
On les trouva partout : princes en marmitons,
Marmitons en banquiers, duchesses en Martons,
Car les femmes aussi furent de la partie :
Par son sexe la femme était bien garantie !
Et de ce rôle abject, dont le nom fait horreur,
Tous auprès de leurs chefs sollicitaient l'honneur.
Sycophantes à froid, précédant les armées,
Ils marquaient les maisons, en bandes affamées,
Traîtreusement haineux, dévastaient le pays,
Assassinaient le maître et brûlaient le logis
De celui dont jadis ils partageaient la table.
Meilleur fut l'hôte, et plus le monstre est implacable.
Venus criant la faim, mendiant un secours,
Ils sont partis pansus et vêtus de velours.
Ils ont acquis du bien, en un mot fait fortune,
Et pour lors tous se font délateurs par rancune ;
Ils ont levé les plans des fermes, des chemins,
Dont ils furent dix ans les très-humbles gamins.

I V

BORNY, — août 1870.

Lâchement imposteurs, dissimulant leur glaive,
Ils prennent au besoin le brassard de Genève.
Une fois parmi nous, s'ils se voient plus nombreux,
Ils jettent le brassard, portent des coups affreux
A ceux qui, confiants, les ont pris pour des frères;
Et nos pauvres blessés subissent leurs colères.
On les a vus souvent, au milieu du combat,
Commettre sans pudeur le plus lâche attentat!
Par ordre de leur chef, demandant à se rendre
Comme des gens qui plus ne veulent se défendre,
On les a vus lever la crosse des fusils,
Jeter leur sabre ainsi qu'on jette ses outils.
A ce signal de paix, nos enfants de la France,
Sans fureur et gaiement, tout remplis d'assurance,
Le mousquet désarmé, lentement s'approchaient.
Mais, alors qu'à dix pas ces braves les voyaient,
Ils commençaient sur eux l'horrible canonnade,
Qui complétait ainsi l'atroce pasquinade.

V

REIMS, — août 1870.

Sur tous les monuments ils porteront la main,
Déchirant à plaisir et la pierre et l'airain,

Les livres éternels de dix siècles de gloire.
Ils mitrailleront tout, comme si notre histoire
Pouvait par le canon se voir anéantir!
Cet égout est venu pour tout empuantir!

VI

GIVONNE, — septembre 1870.

Dans le bourg de Givonne, ils étaient six ensemble,
Serrés comme des gens que la crainte rassemble.
On comptait un vieillard, le père, deux enfants,
La mère auprès du lit et la fille dedans!
On entendait au loin tonner la fusillade.
« Bon père, cache-toi, s'écria la malade,
Ils vont venir bientôt, ils sont tous sans pitié,
Ils tueraient de sang-froid un pauvre homme estropié.
On a vu ces bourreaux, ces monstres de nature,
Attacher des vivants aux morts en pourriture!!!
A des femmes, peut-être.. » En prononçant ce mot,
La malade ne put réprimer un sanglot.
Elle savait trop bien qu'il n'est point de peut-être
Pour ces peuples haineux embauchés par un traître.
Pourtant elle reprit : « Pour de pauvres enfants,
Pour des femmes, encor, ils sont compatissants!»
Mais alors l'estropié, s'approchant de sa fille :
« Fuir! jamais. S'il le faut, nous mourrons en famille! »

La mère fut debout en entendant ce cri.
« C'est bien, mon Jean, » dit-elle, embrassant son mari.
Le feu durait toujours, les obus et les bombes,
Les balles, les boulets, creusaient d'immenses tombes.
Puis, le bruit s'éteignit. Par terre étaient couchés
Pêle-mêle, sanglants, dix régiments fauchés.
Pillards, la nappe est mise et la table est dressée!
Maraudeurs, assassins, en cohorte pressée,
Comme de noirs corbeaux qui sentent un festin,
Abandonnent les rangs et courent au butin.
Les uns vont vers les morts en retourner les poches,
Éventrer les sacs pleins et vider les sacoches.
Celui qui n'est point mort est vite assassiné :
L'espion chapardeur craint d'être espionné.
D'autres bandes s'en vont piller quelque village
Et brûler des hameaux. Tous ces soudards font rage :
Non contents de voler, officiers et soldats
En monstrueux essais surpassent les forçats.
Puis, goujats ivres morts, ils s'endorment à terre,
Comme si quelquefois le crime se digère.
Vers la fin de la nuit, les six êtres veillaient
Dans la pauvre maison. Tout autour piaffaient
Quelques chevaux montés; la lutte était finie;
Tout près, *Bazeille* encor suait son agonie.
On attendait! Soudain la chaumière trembla;
Sous des coups redoublés la porte s'ébranla.

De pied en cap armés, cinq soldats de Cartouche,
Nommés cuirassiers blancs, la menace à la bouche,
Entrèrent. L'officier portait sur son plastron
L'Aigle rouge : il étoit favori du patron!
Les femmes s'efforçaient de couvrir de leur ombre
Les deux hommes cachés dans l'angle d'un coin sombre.
Les enfants avaient peur. « Du vin, dit le soudard,
Et nous verrons après. » Démasquant le vieillard,
La mère s'en alla chercher dans son armoire
Des verres et du vin pour leur verser à boire.
« Quelqu'un ! dit l'officier. Parle, Français maudit.
Que fais-tu? — C'est mon père, exclama de son lit
La malade. Messieurs, épargnez notre vie.
Prenez tout ce qui peut ici vous faire envie,
Mais grâce pour nous tous. Hier, pendant le combat,
Ma mère a secouru dans le champ un soldat
Qui, blessé, sans secours, allait mourir peut-être.
C'était un Bavarois, il demandait un prêtre.
— Mensonge ! Puis, d'ailleurs, c'était un Bavarois,
Répond le Prussien ; vos damnés villageois
Ne nous font point quartier, ils égorgent les nôtres !
Allons donc, chien, dehors ! Emmenez-le, vous autres ! »
La grand'mère attacha ses bras au cou du vieux
Pour le garder près d'elle. « Voudriez-vous donc mieux
Qu'on le tuât ici? reprit le major ivre
En avalant son vin. Que sert le savoir-vivre?

Nous voulions au dehors l'envoyer à trépas,
Pour que le bruit trop près ne vous offensât pas.
Vous l'avez donc voulu ! » .. S'appuyant sur la table,
Un soldat, l'œil en feu, sur l'ordre inévitable
Du chef, vers le vieillard abaissa lentement
Le canon d'un fusil :... les deux corps lourdement,
L'un à l'autre attachés, tombèrent sur la dalle,
Transpercés tous les deux par une même balle !
Un terrible hourra fit trembler le plafond,
Et ces assassins blancs, regardant dans le fond :
« A Vénus ! » dirent-ils. Le major, l'œil lubrique,
S'élança vers le lit. Par un geste héroïque,
La jeune fille atteinte échappa de leurs mains
Et roula sous leurs pieds, se meurtrissant les seins.
Un soldat s'en allait la ramasser à terre,
Quand un terrible cri, comme un coup de tonnerre,
Fi dresser les bandits. L'homme estropié, debout,
Se haussant, le bras haut, brandissait par le bout
Une barre de fer, qui siffla menaçante
Et s'abattit, brisant dans sa course bruyante
La tête d'un soldat. Le soldat roula mort,
Entraînant le boiteux par un suprême effort.
Les enfants, affolés, vainement criaient grâce,
Un brigand (père aussi) du talon les écrase,
A l'un coupe la tête et la jette au boiteux.
Pâle, le bras cassé, couvert de sang, hideux

Celui-ci se relève et, jetant loin la tête,
Du seul bras qui lui reste il atteint, il arrête
Le meurtrier maudit; sans appui ni soutien,
Lui ronge le visage, ainsi qu'un os un chien;
Et la chair en lambeaux tombe déchiquetée.
Par deux autres bandits la fille est disputée ;
On l'outrage à l'envi : l'un lui meurtrit les reins
De son talon ferré, puis lui coupe les seins !
« Assez, dit le major, la mort serait trop douce ;
Jetez-la sur le lit, et sus, à la rescousse! »
Il montrait le boiteux. Dans l'horrible combat
Les deux n'en faisaient qu'un, l'homme avec le soldat;
Ils roulaient dans le sang, l'un des deux sans figure,
L'autre avec un seul bras, tous deux à la torture.
Ils saisirent enfin le valeureux héros
Et vingt fois d'un couteau lui percèrent le dos.
Sur son grabat la femme était à l'agonie,
Folle de tant d'horreur, de tant d'ignominie.
Il ne restait plus qu'elle ! Il fallait en finir.
Les chevaux au dehors commençaient à hennir.
D'ailleurs, le jour venait, et l'aurore naissante
Éclairait de ses feux cette mare sanglante.
— Les carnassiers au jour regagnent leur taudis.—
Pour terminer la nuit, les assassins maudits,
Des bagnes échappés avec brevet pour crime,
Vinrent brûler la couche où râlait leur victime.

Quand la flamme monta, deux d'entre eux sur son corps,
Pour mieux la maintenir, jetèrent tous les morts.
Sous ces restes affreux, souillés, méconnaissables,
Troncs sans bras, bras sans troncs, figures effroyables,
La martyre, un instant bondissant de douleur,
Souleva tous ces morts comme eût fait un jongleur.
Les bourreaux ricanaient en l'appelant la fille !
Puis, le chef dit : « Partons : *ils sont morts en famille !* »

VII

SEDAN, — septembre 1870.

Les combats cependant se succédaient affreux.
Jamais champs dévastés ne furent plus nombreux.
Ce n'étaient que des morts étendus pêle-mêle,
Dont les monceaux croissaient comme des tas de grêle.
Sedan nous les fit voir dans toute leur horreur,
Ces bataillons si fiers ! Une immense terreur
Planait comme un vautour : sanglante boucherie,
Doux plaisirs des Césars, royale écorcherie.
Et le Chiers et la Meuse ont eu des flots de sang
Où les casques brillaient, nénuphars sur l'étang.
Prussiens, vous savez, si la France est sublime !
Qu'un Français est Français, quel que soit le régime.
Vous étiez six contre un : pas un d'eux n'a failli,
Et chacun dans sa gloire est mort enseveli ;

Le bruit des légions s'abîmant écrasées,
Et le cri surhumain des poitrines brisées
Qui hurlaient le mot *France*, et puis ainsi mouraient,
Vous épouvanta tous, car les géants tombaient.
Ce jour-là fut atroce, et jamais de mémoire
On ne vit tant de sang pour écrire l'histoire.
La lutte avait duré quatorze heures et plus :
Ils étaient là par rang, ces hommes résolus,
Au milieu des débris, des caissons et des roues,
Des canons renversés, dans les flaques de boues,
Mouvants linceuls de pourpre, où soldats, officiers,
Coude à coude, gisaient entassés par milliers !
Ils souriaient encor de leur dernier sourire,
Et ces bouches semblaient, en souriant, vous dire :
« D'un césar ou d'un roi cohorte de laquais,
Vous pouvez nous tuer, mais nous courber, jamais ! »
On ne voyait partout que lambeaux d'uniformes,
Que chevaux aplatis aux cadavres sans formes,
Que livrets déchirés, que lettres s'envolant,
Que des sacs défoncés, que des casques roulant ;
Des jambes et des pieds, des têtes aux yeux mornes,
Éparses dans les champs comme de simples bornes ;
Et ces regards vitreux, dans un rouge brouillard,
Avec leurs froids rayons cherchaient votre regard !
On put alors tout voir, l'affreux dans le terrible,
Les horreurs dans l'horreur, l'horrible dans l'horrible.

VIII

BOUILLON (Belgique), — 4 septembre 1870.

Les soldats étaient morts, il restait l'Empereur ;
Son trône fut brisé par le triomphateur.
Quel spectacle inouï ! le roi gagnait la carte ;
Guillaume sous ses pieds tenait un Bonaparte !
Qu'ils sont changés ces temps où Napoléon Trois
A sa cour invitait empereurs, ducs et rois !
Alors ces souverains affectaient de sourire
A celui que du cœur ils devaient tous maudire.
De dorures couvert, le trône étincelait ;
L'impérial manteau pour lors resplendissait.
Ils étaient accourus tirer leur révérence,
Chamarrés de cordons et prêts à la bombance.
Le trône vermoulu dont il faisaient grand cas
Sous les coups du canon s'écroule avec fracas !
Tout est changé dès lors. En flocons de fumée
La gloire a disparu comme la grande armée ;
Guillaume avait souri ; son rire maintenant
Devient strident, rageur : son Frère est un manant !
Et l'aigle déplumé de ce très-aimé frère
N'est plus qu'un maigre oiseau que son pied foule à terre !
Quelle farce de foire, où les rois fanfarons
Sur des tréteaux dorés se changent en hérons !

Dieu, qui brise les rois, devient inexorable,
Et Guillaume, instrument, devait être implacable.
Le sieur Hohenzollern s'enivra du succès,
Et son immense orgueil perça comme un abcès.
En riche parvenu, le roi de Vidrecome,
Possesseur de César, voulut tâter de l'homme.
Il le fit donc venir afin de l'abreuver
Des hontes qu'en son âme il avait pu rêver.
Quand l'Empereur entra, son œil lançait la haine;
A son ex-cher bon frère il répondit à peine.
Le vaincu cependant l'appelait Majesté
Et s'inclinait, courtois, devant la royauté.
L'ex-empereur avait la tête découverte.
En Germain bien appris que rien ne déconcerte,
Guillaume, casque en tête et lui tournant le dos,
S'essayait en marchant à des airs de héros.
Jamais on ne rendra l'attitude bouffonne
De l'apprenti César essayant sa couronne !
Bonaparte attendait : l'autocrate germain,
Devant lui se posant, dit, étendant la main :
« Vous êtes dès ce jour tombé sous ma puissance.
Mon bon vouloir, Monsieur, est que pour résidence
Vous occupiez Cassel; et là, vous attendrez
Des ordres plus précis auxquels vous vous rendrez.
J'ai dit. » L'ex-empereur, bafoué de la sorte,
Sortit, sans que d'un pas le roi lui fît escorte.

Le vainqueur boursouflé triomphait lâchement;
Mais la honte aux deux fronts s'étendait largement.
Après cela, renards que le besoin rassemble,
On les vit tous les deux se renfermer ensemble,
Et, sondant l'avenir, l'un et l'autre soudain
Échangèrent des mots et se prirent la main.

I X

CHALONS, — septembre 18,0.

Toute la France en deuil, de douleur affolée
Par ces hordes sans nom, sanglante et mutilée,
Implora le vainqueur et demanda la paix.
Le Prussien se vit prié par un Français!
Hélas! ce fut en vain. Le crime veut le crime :
Ils voulaient jusqu'au bout écraser la victime;
Et leur marche sanglante à travers le pays
Continua, couvrant la France de débris :
Paris était leur but. La grande et noble ville
Offusquait ces jaloux couverts de souquenille.
Contre des murs d'airain qui vomissaient la mort
La France se meurtrit sans déplorer son sort :
Elle fut grande et belle ainsi qu'une Romaine
Qui, même dans les fers, demeure souveraine.

Les puissances alors eurent peur à leur tour :
L'aigle était déjà mort, il restait le vautour !
D'effroyables charniers se creusaient dans la France ;
D'heure en heure semblait reculer l'espérance.

X

MONTMORENCY, — septembre 1870.

Pendant qu'en éventail, de nombreux bataillons
    Détachés du grand corps comme des tourbillons
Rayonnent en tous sens aidés par l'incendie ;
Aux portes de Berlin quand la veuve mendie,
Crevant de vanité, Guillaume le Teuton,
Ou bien, comme à Berlin, *Vielfraz* le glouton,
De Moltke, von Bismarck, avec la grosse armée,
Se rendent sous Paris. — La France est entamée,
Et Paris se rendra peut-être avant un mois.
Guillaume *l'Empereur* invitera les rois !

XI

VERSAILLES, — octobre 1870.

Il fallait un bon gîte à toutes ces canailles :
    Guillaume, en connaisseur, leur a choisi Versailles !
O Versailles, palais bâti pour des géants,
Tu devais donc ainsi loger des mécréants !

Tu les vis arriver tout bardés d'insolence :
Rien ne les effraya, — pas même ton silence ! —
Les maîtres étaient morts ! Un laquais s'avança,
On éclaira la salle et le bal commença.
O Versailles, tu vis ces longues saturnales,
Et la honte couvrit les lambris de tes salles !
Un Guillaume, un Bismarck, succédant aux Bourbons !
Un de Moltke et consorts, ces crottés vagabonds,
Singent les grands seigneurs dans ces vastes allées,
De royaux souvenirs encor toutes meublées !
Honte, pour t'effacer que de temps il faudra !
Et cependant un jour cette heure enfin viendra.
Laissons donc s'enivrer tous ces porteurs de hottes.
Sur le lit de Louis Guillaume a mis ses bottes ;
L'histrion veut montrer à son coadjuteur
Son immense talent de singe imitateur.
Von Bismarck a souri de l'audace royale
Qui va donner champ libre aux faiseurs de scandale.
La fête sera belle, et de lourds tombereaux
Verseront chaque jour des flots de hobereaux
Dans la cour du grand Roi. Dans cette macédoine,
On en verra cherchant défunt leur patrimoine.
La France est riche assez pour payer des marrons
Et même du champagne à ces nobles larrons !
La troupe est au complet : le chef est sur l'estrade,
Et dans son coin Bismarck dirige la parade.

L'Europe est attentive; il singe Richelieu,
Fait des vœux à Satan tout en parlant de Dieu !
Bismarck tient en ses mains la Prusse enficelée :
Dans un crâne de fer sa cervelle est cerclée;
Il a réponse à tout : il trompe les États,
Au besoin dans les cours danse des entrechats,
Fait la courbette aux rois, fait des sauts de paillasse,
Insulte l'Empereur, flatte la populace.
Tous les habits sont bons; ils s'affuble en césar,
Prend un casque, une épée, ou le froc d'Escobar.
Bismarck a rétabli la sainte cour wehmique,
Il en est le grand chef, le Vautrin politique.
Il dirige, exécute; il condamne, il absout.
Il veut rouler l'Europe en jouant son va-tout.
Le peuple de Berlin gémit dans la misère :
Eh ! qu'importe, vraiment? Le roi fait bonne chère,
Les princes, courtisans plats comme des valets,
En s'inclinant bien bas préparent des sorbets.
Habillés en mandrins, ces gloutons d'Allemagne
Chassent le jour, la nuit dégustent le champagne.
Pendant ce temps, hélas ! les pauvres prisonniers
Restent à la merci de vils palefreniers.
On les laisse sans pain pendant deux fois vingt heures ;
Des wagons découverts leurs servent de demeures;
Bismarck veut que son Roi serve d'épouvantail :
On les presse, on les tasse, ainsi qu'un vil bétail!

La neige tombe à flots, et dans ces lits de glace
La mort dans ses longs bras promptement les enlace.
La Prusse est aux abois et ne peut les nourrir ;
Or, sans les fusiller, on les fera mourir.
L'Ivan du nord se rit de tant de perfid e.
Des bulletins menteurs le soir il expédie
Pour prouver que la France en lui voit un sauveur :
Il est l'aimé de Dieu, partout il est vainqueur.
Croit-il donc de la sorte apaiser les murmures?
Un jour seront à nu toutes ses impostures :
Ses soldats par milliers succombent tous les jours,
Et la Prusse verra s'il fut vainqueur toujours !
En son orgueil de bonze il demeure implacable,
Sur son trône pourri se croit inviolable !
Ton trône de velours ! déjà les vers y sont !
A ta face royale ils font aussi l'affron . ;
Dieu, dont tu fus fléau, déjà te pulvérise,
Et la Prusse, en tes mains qui se cadavérise,
Fera honte aux Germains : son nom sera flétri,
L'Europe crachera sur ton sceptre pourri.

XII

DEVANT PARIS, — novembre-décembre 1870.

Au milieu des anneaux de ce serpent infâme,
Paris étincelait, fulgurant oriflamme.

Abrité par ses murs, sublime dans sa foi,
Paris à l'univers dit : « l'Europe, c'est moi ! »
La grande ville alors, superbe, magnifique,
Se dressa frémissant comme la Muse antique.
Des milliers de héros naquirent en un jour,
Et l'aigle dans son nid fascina le vautour.
Les peuples attentifs, les rois sous leur couronne,
Tremblèrent hébétés devant cette lionne !
Tous étaient stupéfaits ! Quelques-uns, pleins d'effroi,
Comprirent le pouvoir de ce grand Peuple-Roi.
Jamais, au grand jamais, dix-huit siècles de gloire
N'ont écrit sur l'airain telle page d'histoire !
Peuples et conquérants, vous pouvez amasser
Obusiers et canons; vous pouvez entasser
Marbre sur marbre, airain sur airain : ces colonnes
Prouveront le néant de vos grandeurs bouffonnes.
Devant ceux des Titans vos noms s'effaceront;
Devant un souvenir vos gloires tomberont,
Ainsi que des flocons que l'ouragan secoue
Et qui s'en vont tout blancs s'abîmer dans la boue.
Paris est désormais l'immortel souvenir :
Gloire pour le passé, leçon pour l'avenir !
En cendre ou bien debout, désormais sa grande ombre
Fera trembler les rois et rendra leur ciel sombre.
Car ils prévoient qu'un jour l'ombre obscurcira l'air,
Et de l'ombre soudain émergera l'éclair !

Londres, Vienne, Berlin, les fières capitales,
Avec Rome et Stamboul, deviendront ses vassales ;
Et les Césars, blottis comme de simples gueux,
Disparaîtront ainsi que leurs États fangeux !

XIII

SAINT-GERMAIN, — novembre 1870.

Le Maître fou pensait, la bouche enfarinée,
Entrer sans coup férir, montant sa haquenée.
La porte en granit noir se dressa devant lui !
Comme au nez d'un voleur quand un glaive a relui,
A pas sourds, en jurant, il gagna sa tanière.
Il rêvait chemin droit, il était dans l'ornière.
De Moltke et de Bismarck, ses nobles confidents,
Subirent à genoux ses regards insolents :
Tous deux avaient surpris sa plus douce espérance,
A savoir d'égorger d'un même coup la France,
Et ce maudit Paris, l'indomptable cité,
Restait encor debout, bravant sa majesté.
La ville folle avait échangé sa toilette ;
Un collier de canons, en guise d'amulette,
Remplaçait les saphirs, les perles, les rubis.
Près d'elle étincelaient des glaives bien fourbis.
On croyait la surprendre au milieu de l'orgie,
Lasse de son festin, molle, sans énergie,

Et l'on retrouvait Rome au temps de ses vertus,
Grande comme Caton, grave comme Brutus.

XIV

SAINT-GERMAIN, — 28 décembre 1870.

L'amour-propre royal s'aigrit de cet obstacle,
En place d'admirer un semblable spectacle.
Et le roi s'indigna. Dans sa sainte fureur,
Il dit à ses soldats de semer la terreur,
De brûler, de piller dans toutes les provinces.
Pour ruiner la France, il dépêcha des princes.
Le carnage sans but gagna comme un torrent :
La peste avait enfin trouvé son concurrent.
La grandeur de Louis offusque Don Guillaume ;
Il se croit né trop grand pour un simple royaume,
Un empire vaut mieux : le suppôt de l'enfer
Revendique aussitôt la Couronne de fer !
Il lui faut retourner empereur d'Allemagne,
Chausser les brodequins que chaussa Charlemagne.
Prussiens et Badois courbent leur dos bien bas ;
Bavarois et Saxons s'inclinent sous ses pas.
On le nomme césar dans la salle des glaces,
Et Bismarck en passant fait lé saut des paillasses.

XV

31 décembre 1870.

C'est donc ainsi, messieurs, qu'on devient empereur ?
Soyez glouton, pillard, assassin, massacreur;
Faites honte à Mandrin par votre tricherie,
Proclamez-vous gaîment maître de boucherie,
Et le tour sera fait : des courtisans nombreux
Devant Crispin Premier s'inclineront heureux.

XVI

1er janvier 1871.

Les jours, les mois, passaient : de minute en minute,
On attendait la fin de la terrible lutte;
Paris, toujours debout, regardait le flot noir
Dont le fangeux limon, épouvantable à voir,
Serpentait tout autour de ses sombres murailles.
Le Peuple-Roi domptait l'empereur de Versailles.
D'un côté, la grandeur; de l'autre, le dépit :
Les soldats n'avaient plus un instant de répit,
Il fallait à tout prix terrasser la sirène.
Hé! qu'importe la mort que nuit et jour égrène
Son flanc fécond? Le roi, — maintenant l'empereur, —
Comparse de la mort, s'est fait son pourvoyeur.

Partis un million, si l'on revient cent mille,
Tant pis! Il en répond, l'Allemagne est docile.
De temps en temps, Bismarck, le prince en similor,
Par ordre de son chef, montre la plume d'or
Qui doit signer la paix! Triste fanfaronnade,
Dont le bruit se perdit avec la canonnade.
Mais la rage grondait. Après trois mois, enfin,
Le *pieux* roi régla, d'après son aigrefin,
Qu'on devait bombarder Paris l'infâme ville.
Les bombes, les obus, éclatèrent par mille.
Le peuple supporta leurs éclats sans effroi,
En disant à part lui : « C'est la carte d'un roi! »
Ces nobles paladins déclarèrent au monde
Que Saint-Denis serait bombardé comme immonde ;
Que les tombeaux des rois, brûlés, anéantis,
N'existeraient bientôt que dans les vieux récits.
Mons de Moltke applaudit et Bismarck fait la roue :
Jamais on n'a besoin de flageller la boue ;
Elle va dans l'égout, c'est toujours son destin,
Et les immondes vers seuls s'en font un festin.
O grands rois qui dormez sous vos voûtes de pierre,
Vous qui fûtes l'honneur, ils se sont fait litière
De vos lits; ces truands, outrageant vos tombeaux,
Ont voulu vos cercueils, pour prendre des lambeaux
De cet antique honneur, pour vieillir leur noblesse,
Et grandir, s'il se peut, leur pauvre petitesse.

A vos vieux ossements frottant sa majesté,
Guillaume ainsi cherchait un peu de vétusté,
Pour brunir son blason d'un trop récent modèle !
Le vieux a du crédit, et le marchand bosselle
L'argent trop frais coulé, pour tromper l'acheteur.
Enfin, Dieu permit tout à ce reître imposteur !

XVII

28 janvier 1871.

Sanglant, criant la faim, épuisé d'héroïsme,
Après cent trente jours, au roi du vandalisme
Paris, grand comme un dieu, jeta son glaive, et dit :
« On me rend, j'ai perdu. Quant à toi, sois maudit ! »

XVIII

29 janvier 1871.

Comme outrage dernier, la ville consternée
Eut à voir dans ses murs une immonde traînée
De ces lâches escrocs. Dans un quartier ces gueux
Furent parqués deux jours : car, se retirant d'eux,
Paris les laissa seuls, et la ville célèbre
Transforma leur triomphe en un convoi funèbre.
Tu regardas *de loin* la sublime cité,
Mais son deuil, ô César, vainquit ta vanité :
Sous les murs de Paris gît donc ton épopée.
Ton gousset est garni, jongle avec ton épée !

EPILOGUE

PARIS, — 20 février 1871.

Maintenant, Empereur, écoute bien ceci.
Tu parais triompher; l'avenir, le voici :
En ses mains Dieu t'a pris pour servir sa vengeance;
Il fallait un fléau, tu fus nommé d'urgence.
Ton rôle est terminé, tu redeviens laquais.
Dieu, lorsqu'il veut punir, ne se trompe jamais.
Le choléra, ton frère, eût moins bien fait les choses;
Il t'arriva souvent de décupler les doses.
Mais Dieu, nous l'espérons, finit de se venger.
Notre malheur, ce fut d'aimer trop l'étranger.
Si la France mourait..., la France, qu'on décrie,
Tomberait sous l'excès de sa chevalerie.
C'est par cent trahisons qu'elle a vu ses drapeaux,
Par vos griffes serrés, couvrir vos oripeaux.

Cesse donc, Empereur, de croire à la victoire :
La France n'est point morte ; elle écrira l'histoire
De ton nouvel empire ; et c'est avec du sang
Qu'elle te vêtira, t'assignera ton rang.
Le sang est ta couleur ; ton auguste personne
En a teint son manteau, moucheté sa couronne.
En ce temps, sur tes os, on le verra pleuvoir ;
Tu pourras te gaudir dans l'immense abreuvoir,
Et ce rouge Océan, avec son limon rouge,
Brisera tes tréteaux, engloutira ton bouge !
Derrière toi le sang a soulevé des flots
De vengeance et de haine ; en leurs derniers sanglots,
Les femmes à leurs fils ont montré le carnage
Que tes soldats ont fait, stimulés par ta rage.
Va faire le César, brille à ton nouveau rang ;
Ce que tu nommes pourpre, on l'appellera sang !
Tes lauriers sont tressés, on dresse ta statue ;
Ta tête d'empereur atteint déjà la nue.
Des crânes par milliers forment ton piédestal :
Là, tu resplendiras comme un monstre à l'étal !

FIN

OCCVPA PORTV
IOV AVST